Les folles machines du père Noël

Une histoire de Pascale Hédelin,
illustrée par Bérengère Delaporte

Chapitre 1

Noël approche. Dans son chalet, le père Noël est très occupé. Il faut lire les lettres, emballer les cadeaux, préparer le traîneau...
Quel travail !

Soudain, on toque à sa porte.
C'est Pipop le lutin :
– Bonjour, père Noël !
Je vous présente Fino, mon cousin de la ville.

Celui-ci annonce :
– Fino et compagnie !
Je vends tout pour simplifier la vie. Vous en êtes encore au courrier papier ? C'est totalement dépassé ! J'ai ce qu'il vous faut...

Peu après, un drôle d'ordinateur **trône** sur le bureau du père Noël. Fino explique :

– Grâce au Zouing 2ZP, vous pouvez lire tous les messages des enfants du monde entier ! De plus, ce modèle **dernier cri** écrit tout ce qu'on lui dit !

Le père Noël est étonné :
– Vraiment ? Très intéressant !

Et l'ordinateur affiche sur l'écran :
« Vraiment ? Très intéressant ! »

Fino ajoute, l'air futé :
– J'ai tellement d'autres inventions à vous proposer...

En un rien de temps,
que de changements !
Dans l'atelier, une énorme
machine à vapeur emballe
les cadeaux.

Les lutins sont **époustouflés** :
– Elle colle même
les étiquettes !
– Et quels jolis rubans !

Dans le placard du père Noël,
une combinaison antifroid
est accrochée.
Et, dans le garage,
un scooter
des airs
étincelle.

Perplexe, le père Noël demande à Fino :

– Comment fonctionne-t-il ?

– À l'énergie « pédalienne ». Une énergie non polluante : il vous suffit de pédaler !

ZZZ
ERROR
ERROR

Chapitre 2

Après le départ de Fino, le père Noël consulte son ordinateur :

– Oh, j'ai reçu 3758 messages ! Voyons...

Il pianote sur le clavier, comme Fino le lui a montré. Tiens, le Zouing 2ZP fait un drôle de bruit. Un message clignote : « Erreur, trop de courrier. »

Le père Noël a beau recommencer, la machine **n'en fait qu'à sa tête**.

Il rouspète :

– Zut, j'en ai assez, ce n'est pas un cadeau !

Alors l'ordinateur affiche : « Zut, j'en ai assez... crouic, pas un cadeau ! » Et il envoie ce message à tous les enfants !

Au même moment, dans l'atelier,
les lutins aussi ont des soucis :
la machine à emballer est bloquée.
Pipop tire sur le papier cadeau.
La machine crache un jet de vapeur,
puis le papier jaillit, se déroule...
et entortille Pipop !

Le voilà emporté sur le tapis roulant,

tout saucissonné :

– À moi !

Les autres lutins se précipitent.
Mais ils sont emballés à leur tour,
ornés de rubans et couverts

d'étiquettes :

– Au secours !
Au secours !

Quel chahut ! Alerté, le père Noël
surgit dans l'atelier
et débranche
tout de suite
la machine,
qui s'arrête
net.

Maintenant,
il faut déballer
tous les
lutins...

Ensuite, le père Noël passe toute la nuit à écrire 3 758 messages aux 3 758 enfants :
« Cher Antoine, un courrier t'a été envoyé par erreur. Ne t'inquiète pas, tu auras ton robot danseur... »
Heureusement, l'ordinateur s'est calmé et lui obéit.

À l'aube, le père Noël est pris

d'un doute :

– Et si les autres inventions de Fino **se détraquaient** ? Je ferais mieux de les essayer.

Il enfile sa combinaison...

Aïe ! Sa barbe se coince dans la fermeture Éclair !

Dans le garage, il pédale pour faire démarrer le scooter des airs. C'est fatigant ! Et il a trop chaud dans sa fichue combinaison antifroid.

L'engin s'envole. Tout va bien... quand soudain la pédale se brise ! Horreur, le scooter tournoie et pique vers le sol ! Pauvre père Noël ! Il atterrit sur le lac gelé, la tête à l'envers et les pieds en l'air !

Chapitre 3

Le jour même, les machines infernales et la combinaison se retrouvent au grenier. Il est grand temps de se préparer sérieusement pour la tournée !

Pipop accourt, un peu gêné :
– Père Noël, emmenez-moi, j'aimerais bien vous aider.

Le traîneau s'envole dans le ciel étoilé. Mille flocons voltigent dans la nuit.

Le père Noël sourit :
– Rien ne vaut nos bonnes vieilles habitudes, n'est-ce pas, Pipop ?

– Bien sûr, père Noël ! Mais... pourquoi vos rennes font-ils la tête ? Ils sont malades ?

– J'ai oublié de leur offrir leurs bonbons de lune ! répond le père Noël. Quel étourdi ! Mais que faire maintenant que nous sommes partis ?

Pipop réfléchit :
– Fino m'a donné un lot
de bonnets musicaux.
Ça pourrait leur plaire ?

Le père Noël se méfie.
Mais il accepte, et les rennes sont enchantés ! Ils dansent dans le ciel au rythme de la musique.

Le père Noël est soulagé :

– Après tout,
ces inventions ont
du bon. Enfin, tant
qu'elles marchent !

Fin

Cette histoire t'a plu ?
Je te propose de jouer
maintenant avec
les personnages.

Tu es prêt ?

C'est parti !

Si tu en as besoin,
tu trouveras les solutions
page 32.

Retrouve dans ce tableau tout ce que tu as compris de l'histoire que tu viens de lire.

Quels personnages ?	 Fino	 Le père Noël	 La souris Mimi
À quels moments ?	 Avant Noël	 Le soir de Noël	 Après Noël
À quel endroit ?	 Dans une ferme	 À l'atelier du père Noël	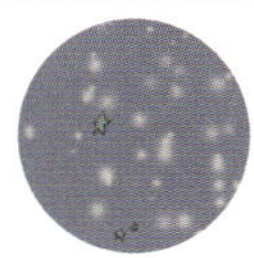 Dans l'espace
Quel genre ?	 Un conte	 Un roman d'aventures	 Une comédie

Qui dit quoi ?

Le père Noël

Pipop

Fino

1 **Oh, j'ai reçu 3 758 messages !**

2 **J'ai tellement d'autres inventions à vous proposer...**

3 **Père Noël, emmenez-moi j'aimerais vous aider...**

Remets les images dans l'ordre.

A

B

C

D

E

Quel message a envoyé sans le vouloir le père Noël ? L'ordinateur a effacé la lettre *a* !

Réécris le message sur une feuille de papier.

Zut, j'en •i •ssez…
crouic, p•s un c•de•u ?

Qu'a répondu le père Noël ? Cette fois-ci, c'est la lettre e qui a été effacée. Méfie-toi des accents !

Ch•r •nfant,
Un m•ssag• t'a •t•
•nvoy• par •rr•ur.
J• suis d•sol•.
P•r• No•l

Réponds par *Vrai* ou par *Faux* à ces affirmations.

1. Les machines de Fino fonctionnent très bien.
2. Pipop est le frère de Fino.
3. Les rennes du père Noël ont des bonnets musicaux.
4. L'ordinateur du père Noël n'en fait qu'à sa tête.
5. Le père Noël fait sa tournée en scooter des airs.

Quel élément n'appartient pas à l'image ?

A

B

C

Comment s'appelle le lutin qui accompagne le père Noël lors de la tournée ?

Trouve les lettres cachées dans l'image et reconstitue son nom.

Solutions des **jeux**

Page 25 : Quels personnages ? Fino, le père Noël. À quels moments ? Avant Noël, le soir de Noël. À quel endroit ? À l'atelier du père Noël. Quel genre ? Un conte.

Page 26 : Le père Noël : 1 ; Pipop : 3 ; Fino : 2.

Page 27 : D, A, B, E, C.

Page 28 : « Zut, j'en **a**i **a**ssez... crouic, p**a**s un c**a**de**a**u ! »
« Ch**e**r **e**nfant, Un m**e**ssag**e** t'a **été** **e**nvoy**é** par **e**rr**e**ur.
J**e** suis d**é**sol**é**. P**è**r**e** Noël »

Page 29 : 1. Faux ; 2. Faux ; 3. Vrai ; 4. Vrai ; 5. Faux.

Page 30 : L'élément C.

Page 31 : Le lutin s'appelle **PIPOP**.

La mascotte « Milan Benjamin » a été créée par Vincent Caut.
Les jeux sont réalisés par l'éditeur, avec les illustrations de Bérengère Delaporte.

Suivi éditorial : Sophie Nanteuil
Mise en pages : Graphicat

1, rond-point du Général-Eisenhower, 31101 Toulouse Cedex 9, France
editionsmilan.com
Loi 49.956 du 16.7.1949 sur les publications destinées à la jeunesse
Dépôt légal : 4e trimestre 2018
ISBN : 978-2-7459-7137-1
Achevé d'imprimer en Espagne par Egedsa
Ce titre est une reprise du magazine *J'apprends à lire* n° 112.